Solange Brousse

Nous, les **enfants** de 1984

De la naissance à l'âge adulte

Éditions Wartberg

Mentions légales

Crédits photographiques :

Archives personnelles, p. 4, 7-8, 11b, 12b, 14-20, 22, 24, 26b, 30-31, 33-42, 45, 47, 50, 53, 55-56, 60-61, 63.
Photo couverture © Cyril Note.
© Picture-alliance / dpa, p. 5, 9, 12h, 46, 57-58, 62 ; Picture-alliance / KPA, p. 11h ; Picture-alliance / Mary Evans Picture Library, p. 29, 51, 59 ; Picture-alliance / Globe-Zuma, p. 32 ; Picture-alliance / Photoshot, p. 48.
© Ullstein bild – Jazz Archiv Hamburg, p. 6, 23h ; Ullstein bild – Ruppert, p. 21 ; Ullstein bild – CINETEXT, p. 23b ; Ullstein bild – united archives, p. 25, 26h ; Ullstein bild – Messerschmidt, p. 27 ; Ullstein bild – Siemoneit, p. 43 ; Ullstein bild – Horstmüller, p. 44 ; Ullstein bild – P.S.I.BONN, p. 54.
© Roger-Viollet, p. 13.

Nous remercions tous les ayants droit pour leur aimable autorisation de reproduction. Dans le cas où l'un d'eux n'aurait pu être joint, une provision de droits est prévue.

L'auteure remercie sa famille et ses amis d'enfance, les enfants d'aujourd'hui qui jouent aux mêmes jeux qu'elle dans les cours de récréation, et bien sûr Wikipédia, YouTube, Dailymotion, ina.fr et le blog coup-de-vieux.fr.

3e édition, 2013

40, rue de l'Échiquier
75010 Paris

Un département de Wartberg Verlag GmbH & Co. KG.
Im Wiesental 1
34281 Gudensberg-Gleichen
Allemagne

Conception graphique : Ravenstein & partenaires, Verden.
Imprimé en Allemagne sur les presses de Thiele & Schwarz, Kassel.

ISBN : 978-3-8313-2584-9

Préface

Chers enfants de 1984,

Je vous prie d'avance de m'excuser : ce petit ouvrage ne saurait être exhaustif, restituer chaque souvenir, exhumer chaque mode bizarre de l'époque au cours de laquelle nous avons poussé tels de petits bourgeons, à cheval sur les années 1980, les années 1990 et les années 2000. Il manque donc forcément des détails à ce texte : les métiers à tisser, les bracelets brésiliens, Steven Spielberg, « 21 Jump Street », Hélène Rollès, *La Lambada*, Jean-Pierre Papin, la victoire de la France à l'Euro 1984, Marseille championne d'Europe en 1993, les montres Flik Flak, les Etnies – des chaussures qui ressemblaient aux Vans –, Quicksilver, Pimkie, le dessin animé « Batman », le film *Le Triomphe de Babar*, « Wazaaaaaaa », la maille chenille, la grande époque de la Juventus de Turin, les diabolos, les Ondamania, les magazines *Hot Vidéo* volés au kiosque, Sophie Ellis-Bextor, Daft Punk, Surya Bonaly, Séverine Ferrer, « Dragon Ball Z », Nicky Larson, les Superga, Les Nuls, « Papa, c'est quoi cette bouteille de lait ? », « Friends », « Téléfoot », « Le mec, il a craché dans son Yop », les stylos pailletés, *Fight Club*, La Bonne Paye, le jeu Qui est-ce ?, « Sept à la maison », le duo Kylie Minogue et Jason Donovan, Dannii Minogue, le « Morning Live » qui réveille tes voisins, Ally McBeal, Steve Urkel et… Jacques Chirac.

Mais le reste y est : « La Roue de la fortune », les sweat-shirts Poivre Blanc, Tchernobyl, Nirvana, Top Gun, le 11 Septembre, et mille autres souvenirs que nous, les enfants de 1984, partageons avec plus ou moins d'émotion, de joie ou d'humour. Bienvenue dans le passé !

S. Brousse

Solange Brousse

1984-1986

Bienvenue dans les années 1980 !

Piscine perso.

Des parents qui ont le look

Les enfants nés en 1984 déboulent dans un monde surexcité. Dans les rues des grandes villes, les joggeuses en body coloré, Madonna à fond dans un walkman, sont caressées du regard par de jeunes hommes tirant sur une blonde et crachant la fumée dans leur sillon. Au-dessus d'eux, on imagine, derrière le store vénitien d'une résidence au carrelage beige et blanc cassé, deux personnes âgées se détournant

Chronologie

27 juin 1984
La France remporte l'Euro 1984 contre l'Espagne à 2-0, buts marqués par Michel Platini et Bruno Bellone.

17 juillet 1984
Laurent Fabius remplace Pierre Mauroy au poste de Premier ministre. Il n'a que 37 ans.

14 août 1984
Suite aux manifestations revendiquant un « enseignement libre », le projet de loi Savary sur l'école privée est abandonné.

16 octobre 1984
Le corps de Grégory Villemin est retrouvé dans la Sologne. C'est le début d'une longue affaire judiciaire, aux multiples rebondissements.

4 novembre 1984
Lancement de Canal+.

2 décembre 1984
Catastrophe industrielle de Bhopal en Inde.

25 janvier 1985
René Audran, responsable des affaires internationales du ministère de la Défense, est assassiné par le groupe Action directe.

14 juin 1985
Lancement de la Fête du cinéma dans toute la France.

22 septembre 1985
À Paris, Christo et Jeanne-Claude emballent le pont Neuf.

14 janvier 1986
Mort de Daniel Balavoine dans un accident d'hélicoptère au Mali.

12 février 1986
Le projet de tunnel sous la Manche est paraphé par Margaret Thatcher et François Mitterrand.

20 février 1986
Naissance de La Cinq.

20 mars 1986
Jacques Chirac (RPR) devient le Premier ministre de François Mitterrand (PS).

14 avril 1986
Simone de Beauvoir meurt à l'âge de 78 ans.

26 avril 1986
Catastrophe de Tchernobyl (URSS).

19 juin 1986
Mort de Coluche dans un accident de moto.

Déjà doué pour le marketing.

de la jeunesse avec un soupir d'agacement et portant leur attention sur une grosse télévision à antenne et système d'aération proéminent – c'est l'heure de la météo. Tempête de vent en février, de neige le 1er avril, canicule à la fin du mois, coup de froid avant l'été : 1984 est imprévisible. Une année agitée, certes, mais aussi féconde pour le monde de l'information et de la communication : début janvier, une firme ayant une pomme pour logo présente au monde le premier Macintosh. Puis, en novembre, Canal+ fait entendre ses premiers grésillements. Quant aux 759 939 enfants de 1984, ils se contentent de naître dans une année littéraire culte, associée au titre du plus célèbre roman de George Orwell, le créateur de Big Brother.

Louise Veronica Ciccone est dans la place.

Ils en seront d'ailleurs conscients toute leur vie. C'est l'une de leurs caractéristiques – un brin de chauvinisme. « 1984 ? » me demandèrent parfois mes compagnons de soirées. « Oui. La classe ! », m'entendis-je souvent répliquer.

Un parfum de liberté

Mais nous n'en sommes pas encore là. En 1985, nous apprenons à connaître notre famille. De mon côté, je m'accoutume assez passivement à leurs habitudes et mange devant « Starsky et Hutch » puis « La Roue de la fortune », blottie au creux d'un immense canapé en cuir marron. J'observe mes parents, tout en longueur comme dans les années 1970, mais athlétiques façon *eighties*. Comme tous les enfants, en montrant plus tard les photos de cette période, je dirai : « Tu vois, ils étaient beaux... »

Sont-ils vraiment beaux ? Non ? Si ?

Beaux, les jeunes parents de cette décennie l'étaient – et ils le sont sans doute encore un peu. En regardant les photos sauvegardées de cette époque, qui, par leur rareté (surtout en comparaison de l'abondance qui caractérise l'ère du numérique) contribuent à entretenir la légende, nous avons l'impression qu'ils se sentent très libres, peut-être plus que nous ne nous le sentirons jamais. Mes deux parents font partie de la même bande d'amis, ont la cigarette décomplexée et le cheveu raisonnablement flou, ils enfilent dans la vie de tous les jours un Levi's 501 et un sweat Poivre Blanc sur un t-shirt Gotlieb. La mode consiste alors en un mélange détendu de marques, de standards et de vestiges des années 1970. L'été, des bikinis à ficelles enserrent les hanches des femmes qui envoient négligemment valser le haut.

Où l'expression « dormir à poings fermés » prend tout son sens.

Pourquoi la musique des années 1980 est-elle si populaire dans les fêtes et les mariages ?

Réponse de Nicolas Plommée, journaliste musical.

« La musique des années 1980 est pop, et même si elle utilise des synthés, c'est la même pop que celle des Beatles, couplet / refrain / couplet / refrain, que tout le monde écoute. En même temps, cette musique n'a rien à voir avec la musique qui est apparue dans les années 1990, plus clivante, comme la house et le hip-hop. Or, dans les fêtes, il faut passer des musiques plutôt consensuelles. Le rap, la house ? On ne passe pas ça. Les programmateurs des radios libres, apparues dans les années 1980, se sont d'ailleurs arrêtés en 1988. Ils ont été déstabilisés par l'arrivée de la house, et n'ont plus rien programmé de nouveau. Maintenant, on s'en rend compte car les radios gold comme Nostalgie programment de la musique des années 1960, 1970, 1980, et paf, ça s'arrête en 1988. On passe Antisocial *de Trust, mais pas Nirvana. Alors pourquoi n'écoute-t-on pas, si l'on cherche à éviter la musique qui fait peur, une valse ou un tango ? Car c'est le ringard absolu. Pourquoi ne s'en tient-on pas dans les mariages aux Beatles et aux Stones, que tout le monde aime et connaît ? Parce que les gens demandent alors : "Pourquoi tu passes des vieux trucs ?" Les années 1980, c'est vieux, mais on a réussi à persuader les gens que c'est toujours moderne, à cause des synthés, des arrangements... C'est une musique qui a l'air fraîche, pas ringarde, pas clivante. Quand j'étais étudiant en 1989, on écoutait déjà "les années 1980" dans les mariages. J'étais persuadé qu'il allait y avoir de même un revival "années 1990"... J'attends toujours. »*

Un peu d'ivresse

Quant au champ professionnel, il recouvre des situations variées. En 1984, l'âge moyen de la première maternité chez les femmes atteint presque 26 ans. Ceux qui deviennent parents sont ainsi des étudiants tardifs, de jeunes actifs, des salariés fraîchement embauchés par une société où ils effectueront toute leur carrière, ou

Première baby-sitter : un épagneul breton nommé Junkie.

Sophie Marceau et Brigitte Fossey à la première de *La Boum*.

encore d'ambitieux entrepreneurs... Mon père, quant à lui, étudie aux Beaux-Arts et travaille comme figurant à l'Opéra. Il s'engagera ensuite dans des études de médecine. Ma mère dispense des cours de travaux dirigés à la faculté de droit. Ils vivent heureux dans un studio, qu'ils remplaceront par un deux pièces, puis un trois pièces. Et lorsqu'ils s'achèteront un aspirateur, ils auront l'impression de s'embourgeoiser.

Ils me confient à une baby-sitter étudiante qui ressemble à Sophie Marceau pour aller s'enivrer au restaurant du coin. Ils donnent rendez-vous à leurs amis à la campagne et y organisent des banquets qui se terminent par une dégustation d'eau-de-vie maison, où le bouilleur de cru qui procure la liqueur la plus forte gagne... le respect de l'assemblée. Les règles ne sont pas les mêmes – « il y en avait moins », rectifient-ils, nostalgiques, ou réalistes, quelques décennies plus tard.

Tchernobyl :
la catastrophe dissimulée

Le 26 avril 1986, un réacteur nucléaire explose dans une centrale située près de Tchernobyl, en Ukraine, lors d'une opération de sécurité. L'explosion déclenche un incendie et des pompiers sont immédiatement dépêchés sur place. Plusieurs centaines de personnes, qui se rendent sur les lieux, se retrouvent à l'hôpital, gravement irradiées. « Parmi elles, on compte une trentaine de morts immédiates, dans les deux mois, raconte Bernard Lerouge, ingénieur, polytechnicien et auteur de Tchernobyl, un nuage passe... *(éditions L'Harmattan). En France, pendant deux jours, on ignore tout de l'accident qui a eu lieu dans la nuit de vendredi à samedi. Lundi, les Suédois alertent sur le niveau de rayonnement. Ils demandent aux Russes s'il y a eu un accident ; ceux-ci répondent d'abord non, puis l'admettent. » En France, le panache radioactif est détecté dans la soirée du 30 avril par la station de Monaco. Le 1er mai, Noël Mamère, journaliste à Antenne 2, lit un télex informant que la France est touchée. Le télex précise aussi que le niveau de rayonnement n'est pas dangereux. « Cela a été mal accepté car en Allemagne ou en Suisse, les pouvoirs publics ont pris des mesures : interdiction de commercialiser les légumes, etc, explique Bernard Lerouge. La réaction en France est à l'origine de la boutade selon laquelle le nuage s'est arrêté aux frontières de la France... » Il n'en reste pas moins qu'en France, le traitement de l'information a pour le moins été maladroit.*

Le tube de toute une vie

En 1985, nombre de personnalités issues du monde de la culture disparaissent : Marc Chagall (auteur entre autres de la fresque recouvrant le plafond de l'opéra Garnier à Paris), Orson Welles (réalisateur de *Citizen Kane*), Simone Signoret (actrice dans *Casque d'or*), René Barjavel (auteur de *Ravage*)... L'œuvre qu'ils lèguent est riche et puissante, tandis que la culture des années 1980 est prodigue en *one-hit wonders*, ces personnalités éphémères connues pour un seul tube. Pourtant, leurs chansons perdureront...

Il en sera ainsi de Patrick Hernandez (*Born to Be Alive*, 1979), Soft Cell (*Tainted Love*, 1981), Jean-Patrick Capdevielle (*Quand t'es dans le désert*, 1979), J.J. Lionel (*La Danse des canards*, 1981), Patrick Coutin (*J'aime regarder les filles*, 1981), Chagrin d'amour (*Chacun fait c'qui lui plaît*, 1982), Bandolero (*Paris Latino*, 1983), Peter et Sloane (*Besoin de rien envie de toi*, 1984), Cookie Dingler (*Femme libérée*, 1984), Laroche Valmont (*T'as le look coco*, 1984), Caroline Loeb (*C'est la ouate*, 1986), Licence IV (*Viens boire un p'tit coup à la maison*, 1986).

Un regard revolver.

En 1986, on découvre aussi l'acteur Tom Cruise au cinéma dans *Top Gun*, bien avant qu'il n'alimente nos questionnements existentiels d'adolescentes : « Tu préfères Tom Cruise ou Brad Pitt ? » À l'époque, on a encore le droit de répondre « Tom Cruise ».

Qu'est-ce que tu fais là, toi ?

Sans transition

Côté actualités, les aînés se rappellent les années 1980 comme celles de la présidence socialiste de François Mitterrand.

Dans un registre plus sombre, ce sont aussi celles du sida. La maladie est mieux connue et l'appellation « cancer gay » s'avère inadéquate, puisque l'on sait désormais que cette maladie est sexuellement transmissible, mortelle et susceptible de toucher tout le monde. Le

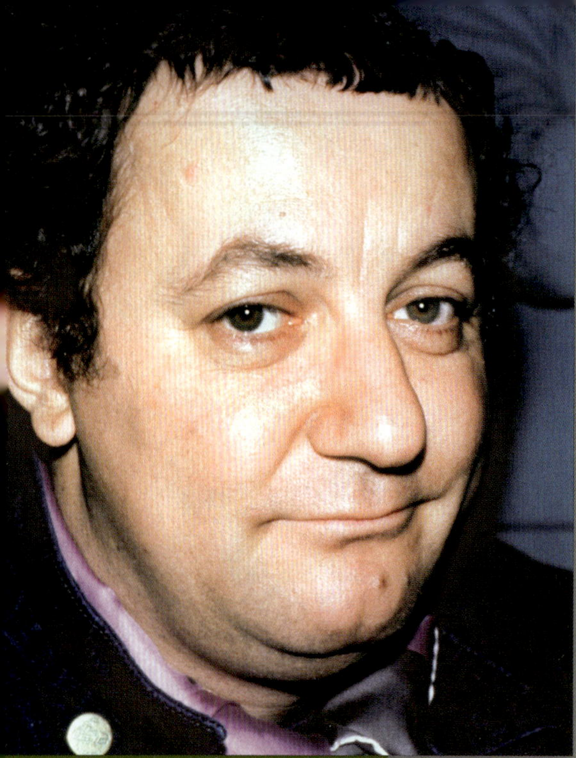

Drôle et généreux.

professeur français de médecine Luc Montagnier, qui découvre le virus du VIH en 1983, obtiendra le prix Nobel de médecine en 2008.

Dans la mémoire collective, la catastrophe de Tchernobyl est tout aussi ancrée, qui survient le 26 avril 1986. Les maux du présent et du futur se dessinent, les espoirs aussi : en 1985, Coluche, révolté par le gaspillage des denrées alimentaires en Europe, détruites en cas de surproduction pour maintenir les prix du marché, crée les Restos du Cœur. La première enseigne ouvre en décembre. L'humoriste s'éteindra en juin de l'année suivante...

Après un an de vie, de notre côté, peu de péripéties nous accablent, si ce n'est peut-être les visites chez le pédiatre ou les repas décevants. Mais père et mère sont aux petits soins. De toute façon, tous, dans la famille, fondent devant notre minuscule minois. Tous, ou presque. Un individu renfrogné résiste encore et toujours à notre sourire charmeur – ce personnage que nous ne cernons pas encore et dont l'utilité nous échappe, que l'on appelle communément « le grand frère » ou « la grande sœur ». Eussions-nous été dotés de la parole que nous l'aurions sans doute baptisé « le jaloux ». Parfois, c'est l'inverse qui se produit, et un autre bébé arrive après nous. Un être si petit qu'il en est ridicule, mais qui suscite l'admiration des adultes – alors que c'est nous qui commençons à devenir séduisants, avec nos vrais cheveux et nos joues arrondies.

« Mais enfin cher ami ! Comment osez-vous ? »

Éternelles stars des médias

Les hommes et les femmes qui comptent en 1984 à la télévision sont les stars de 1983 : Michel Drucker, Christine Ockrent, P.P.D.A., Philippe Bouvard… « Première vedette, lit-on dans le hors-série 1983 du magazine professionnel Stratégies *paru le 12 avril 1984, Michel Drucker signe avec Europe 1 l'un des plus gros transferts jamais effectués. […] L'ex-star de RTL est engagée pour monter une super émission, histoire de faire remonter l'audience d'Europe 1. » L'émission en question, « Studio 1 », sera diffusée jusqu'en 1987.*
À la télévision aussi, la concurrence fait rage. « Christine Ockrent et Patrick Poivre d'Arvor, eux aussi, font la une. Grâce à eux, et aussi beaucoup en raison du succès du « Petit Théâtre de Bouvard », Antenne 2, pour la première fois, totalise plus de téléspectateurs que TF1. » Plus loin, le journaliste écrit : « Notons que le projet de création d'une quatrième chaîne fait beaucoup parler de lui »…
En novembre 1983, on en sait un peu plus sur ce projet. La chaîne « à péage » sera présidée par André Rousselet, le patron d'Havas, avec Pierre Lescure à la tête des programmes. Elle s'appellera Canal+ et diffusera six heures par jour des films, des variétés et du sport, moyennant un abonnement de 120 francs. La chaîne sera en réalité lancée le 4 novembre 1984 à 8 heures du matin, et émettra 24 heures sur 24, 7 jours sur 7.
Cependant, on ignore encore tout du film pornographique du premier samedi du mois – le premier sera diffusé à l'été 1985 –, dont la programmation fera grand bruit…

Francis Huster, Patrice Alexandre, Michel Drucker, lors de l'émission « Champs-Élysées » du 10 novembre 1984.

Il en faut plus pour m'intéresser.

Premières vacances

Nos parents sont pragmatiques, moins théoriques que les soixante-huitards. « Si tu continues à pleurnicher, menacent-ils, on t'envoie faire une psychanalyse chez Françoise Dolto » – qui, à 78 ans, reste très prolifique. Cette jeune génération insolente se fiche un peu de la psychanalyse. Il en rient quand Woody Allen en parle en bégayant tandis qu'à la télé, Carlos, le fils de Françoise, se travestit en bébé à l'occasion du faux mariage de Coluche avec Thierry Le Luron.

Après le 20 heures télévisé, le repas est le moment qui rassemble la famille. Nous autres jeunes enfants sommes alimentés par des petits pots Blédina à réchauffer au bain-marie, qu'on nous sert à la cuillère, après nous avoir coincés dans une chaise haute, munie de roulettes et ornée de boules roses et bleues. Ces quatre boules enfilées sur une petite tige en fer fichée sur le rebord de notre tablette constituent un jeu stratégique passionnant, qui peut nous accaparer des heures entières au risque de détourner notre attention – pas très soutenue, il est vrai – du repas.

L'été, les plus chanceux d'entre nous partent, qui dans une maison familiale, qui chez les grands-parents, qui dans un camping en bord de mer… Les adultes ainsi réunis prennent un certain plaisir à nous mettre à l'eau tous ensemble, fratries et cousins, nus. Nous formons un essaim de têtes rondes et affichons une palette d'expressions qui va de l'extase au désespoir, c'est selon. L'un ne supporte pas le bonnet qui protège son crâne doux, l'autre s'en fiche et tape avec la paume de la main sur la surface de l'eau. Finalement, nous avons tous les mêmes photos, ayant posé – ou ayant été déposés – assis dans l'herbe verte, près du chien, dans le sable, au bord de la mer, dans une bassine, sur une terrasse, au village, dans une piscine gonflable et au milieu de nos semblables, où nous sommes la cible des regards amusés.

Ainsi, en naissant au début des années 1980, époque relativement légère, nous sommes, comme tous les nouveaux-nés, bercés, encerclés, baignés, embrassés. De 0 à 2 ans, nous vivons deux années béates dans un monde dont nous constituons l'épicentre : nous n'avons pas à sociabiliser avec des inconnus ni à nous intéresser à autrui. Mais les meilleures choses ont une fin. Les mères des années 1980 ne veulent pas biberonner toute leur vie, et Maman a depuis longtemps remisé son jogging ou son body coloré, pour faire fureur dans son tailleur à la Mélanie Griffith (*Working Girl*, de Mike Nichols, 1989). Quant à nous, il faudra bien que l'on fasse un jour, nous aussi, notre entrée dans le monde.

Nos chers cousins.

1987–1989

Les premiers pas

La classe américaine en maillot de Mickey.

Ouverture

Nous avons peu de souvenirs de nos premières années. Parfois un rire un peu fort, des exclamations bruyantes ou une lumière trop agressive font tressauter nos paupières. Mais nous nous replongeons aussitôt dans nos rêveries. Peu à peu, après l'automne, l'hiver, la lumière se fait plus forte – et

Chronologie

21 février 1987
Les principaux membres d'Action directe, Jean-Marc Rouillan, Nathalie Ménigon, Joëlle Aubron et Georges Cipriani, sont arrêtés dans une ferme du Loiret, à Vitry-aux-Loge.

1er mars 1987
Naissance de M6.

24 mars 1987
Lancement de la construction du parc d'attractions Eurodisney à Marne-la-Vallée. Il ouvrira en 1992.

16 avril 1987
Privatisation de TF1.

27 avril 1987
Sortie du tube *Joe le Taxi*, interprété par Vanessa Paradis.

11 mai 1987
Début du procès de Klaus Barbie, ancien responsable de la Gestapo lyonnaise.

31 mai 1987
Inauguration du Futuroscope de Poitiers.

7-10 décembre 1987
Première visite aux États-Unis du président Gorbatchev.

11 mai 1988
Sortie du *Grand Bleu* de Luc Besson, qui reçoit un accueil glacial au festival de Cannes.

20 août 1988
Fin de la guerre Iran-Irak.

31 août 1988
Alain de Greef lance l'émission « Les Arènes de l'info », qui deviendra deux ans plus tard « Les Guignols de l'info ».

30 novembre 1988
Adoption du revenu minimum d'insertion (RMI) en France. 570 000 foyers en bénéficieront dès février 1989.

25 avril 1989
Début des manifestations sur la place Tienanmen à Pékin.

4 mai 1989
La sonde américaine Magellan part à la découverte de Vénus, dont elle révèlera les nombreux volcans et certains points communs avec la Terre.

25 août 1989
La sonde *Voyager* 2 survole Neptune.

9 novembre 1989
Chute du mur de Berlin.

Des deux poupées Barbie, laquelle est la vraie ?

dès la troisième année, l'obscurité se dissipe. Nos premiers souvenirs ont l'éclat d'un soleil printanier. Ma mémoire s'ouvre sur cette scène : lever de rideau, ma mère sort une salopette du placard, d'un orange qui me fait faire la grimace, et je me mets à piétiner sur place en signe de protestation. On peut trouver ça mignon ou insupportablement capricieux, et c'est pourtant lié à une petite douleur enfantine : je ne me sentais pas très jolie.

Nous partions en cabriolet à l'école, mes parents riaient à l'avant, cheveux au vent ; moi, j'étais coincée sur une moquette trop petite, qui piquait, déjà soucieuse de mon entrée dans l'école. Il allait falloir franchir ces escaliers, ce porche, cette grande porte, ce préau sombre et, au-delà, affronter plusieurs dizaines de congénères piaillant et sautillant dans la cour des maternelles.

Le suicide de Dalida, le 3 mai 1987

Après trente ans de succès professionnel, la chanteuse et actrice Dalida se donne la mort dans son domicile parisien de Montmartre, rue d'Orchampt, le 3 mai 1987, à l'âge de 54 ans. Le lendemain, les caméras de télévision postées devant sa maison recueillent les témoignages des voisins venus lui rendre hommage, mais aussi de ses proches, qui décrivent une personne très seule. « Dès que j'ai su, j'ai dit "c'était obligé", confie tristement son grand ami Pascal Sevran. Il y avait quelque chose de brisé chez cette femme, je pense que personne n'a jamais su ce que c'était. »
La vie privée de Iolanda Cristina Gigliotti, née au Caire de parents italiens, est en effet secouée par de nombreux évènements tragiques. Trois de ses compagnons ou ex-compagnons se sont donné la mort, tout comme son ami Mike Brant. Dalida pensait porter malheur aux hommes. Ses autres amants la décevront. Elle avait chanté ses amours insatisfaites dans Les Hommes de ma vie, *sur un texte de Didier Barbelivien ; une autre chanson,* Il venait d'avoir 18 ans, *évoque un drame personnel : tombée enceinte d'un jeune Italien de 18 ans, elle avait décidé d'avorter et s'était retrouvée stérile à la suite de l'opération.*
Dalida, enfin, était une artiste engagée, aux côtés de François Mitterrand en 1981, dans la lutte contre le sida, en faveur des radios libres ensuite, puis comme défenseuse de la Gay pride. Sensuelle et généreuse, elle a profondément marqué sa génération et reste une icône pour celles qui suivront.

Petits tracas

Certains souvenirs restent vifs parce qu'ils sont associés à une émotion négative. Les petites hontes vécues comme des humiliations, par exemple. Un jour, ayant reçu un merveilleux magnétophone enregistreur, j'avais gazouillé un bon moment sur une cassette vierge, que j'avais discrètement offerte à mon père pour la fête du même nom. Il l'avait distraitement mise

Dans la terre, on s'amuse, et on ne risque rien.

M'enfin, les mésaventures, on finit par en rire !

dans sa poche en mâchouillant son chewing-gum Hollywood, et avait pressé sa famille : « Allez, il faut partir chez ma grand-mère. » Dans la voiture, se rappelant soudain de la cassette, il avait déclaré : « Ah, ma petite fille, on va l'écouter. » Et avant que je ne puisse m'écrier « Non, pas maintenant, c'est confidentiel », les haut-parleurs de la Volvo diffusaient ma voix : « Tu es le plus beau des papas avec ton diadème de vermeil » (le diadème, c'était pour la musicalité de la phrase). Quelle honte. Or les parents, souvent idiots, rient beaucoup des moments d'innocence de leurs enfants. Et les enfants, déjà sceptiques sur les adultes, se demandent s'ils ont été petits un jour.

C'est l'époque des premiers goûters d'anniversaire. Certains parents possèdent une maison immense avec un jardin luxuriant et des palmiers qui touchent le ciel d'un bleu éclatant. Les perceptions sont différentes lorsque l'on est un être minuscule.

Une de mes amies possède un tel palais, dans la cour duquel trône une balançoire. Pas une petite planche de bois fixée au moyen de ficelles, une grande balançoire en équilibre basculant d'un côté et de l'autre. Mon amie représente pour moi la sagesse, la connaissance et l'autorité ; elle me demande, les yeux dans les yeux : « Veux-tu faire de la balançoire avec moi ? » Il n'est pas raisonnable de dire non, même si j'ai le vertige. « On fait des crêpes », décrète-t-elle, évoquant cette technique qui consiste à faire « sauter » la fillette assise sur le bout de planche qui s'élève. Dès la première impulsion, elle se laisse tomber de tout son poids tandis qu'en haut, je lâche les commandes pour me cacher les yeux. J'atterris sur le sable. Ma mère vient me chercher, rassure la mère de mon amie d'un « Mais non, ça ira » et lève un sourcil incrédule lorsque le médecin lui apprend que j'ai le poignet cassé. Ce que j'ai bien dit en sanglotant. Qui va me protéger dans ce monde où les grandes personnes doutent du bien-fondé de mes larmes ?

Comme on ourdit un complot.

Premiers émois

J'obtiens la réponse peu de temps après : dans la cour de la maternelle, une fille méchante comme on n'en trouve qu'à l'école lève ma jupe pendant la récréation. Un beau jeune homme âgé d'au moins 6 ans – voire 7 –, grand et musclé, les cheveux d'un blond doré et les yeux très bleus, marche droit sur elle et lui dit gravement : « Pourquoi as-tu fait ça ? Es-tu fière ? » Elle baisse les yeux et s'en va piteusement sous les regards de tous les enfants de la cour – car le temps s'est arrêté. Je m'éloigne pleine d'une joie nouvelle en sifflotant *Oui, j'l'adore* de Pauline Ester (1989).

Chez nous, à la maison, nous chantons aussi « On choisit pas ses parents / on choisit pas sa famille / on choisit pas non plus les trottoirs de Manille / de Paris ou d'Alger / pour apprendre à marcher… », en hochant la tête au gré de nos réflexions sur le sens de la vie. Oui, il s'agit bien de *Né quelque part*, la chanson de Maxime Le Forestier sortie en 1988.

« J'veux pas t'abandonner, / mon bébé ! »
(Les Rita Mitsouko, octobre 1988).

Nos parents achètent des CD, qu'ils copient sur des cassettes pour pouvoir les écouter en voiture. Certains d'entre eux sont des inconditionnels de George Brassens et ont donné à leur progéniture le goût des mots et des rimes gentiment grossières. Les fans de Jacques Brel élèvent de futurs grands mélancoliques qui chanteront encore par cœur, vingt ans plus tard, en fin de soirée, *Les Bourgeois* ou *Le Port d'Amsterdam*, ajoutant à la fin, dans un soupir : « Elle est magnifique, cette chanson. » Quant aux enfants bercés par des riffs de guitare électrique, ils préfèreront s'époumoner sur du bon vieux rock. L'année 1987 est d'ailleurs celle de l'avènement de U2, avec l'album *The Joshua Tree*. Et la chanson « With Or Without You ».

Première émission du « Club Dorothée » sur TF1 en septembre 1987

Le 2 septembre 1987, le « Club Dorothée » est diffusé pour la première fois. Dorothée vient alors de quitter « Récré A2 », l'émission pour enfants d'Antenne 2, au sein de laquelle elle a côtoyé de nombreuses personnalités comme le matinal William Leymergie, le dessinateur Cabu ou l'actrice Zabou Breitman. Elle prend la tête de l'unité de programme jeunesse de TF1 et la première chaîne, tout juste privatisée, lui offre avec le « Club Dorothée » un show à la hauteur de sa popularité. La blonde au nez caricaturé par Cabu et chanté par François Corbier s'y entoure de ses amis – le Corbier en question, mais aussi Jacky, Ariane et Patrick. L'émission diffuse des dessins animés cultes comme « Olive et Tom », « Nicky Larson », « Lucile, amour et rock'n'roll », « Juliette je t'aime »... Parallèlement, la société qui la produit, AB productions, lancera ses propres séries comme « Pas de pitié pour les croissants », au générique duquel figurent les animateurs de l'émission, puis les sitcoms « Salut les musclés » (1989), « Premiers baisers » (1991), « Hélène et les garçons » (1992)...
Les émissions sont ponctuées de jeux tels que « Allô, à l'huile » ou le « Jacky Seau », et par des interventions en voix off attribuées à un mystérieux « monsieur Cadeau ». De nombreux autres détails de l'émission sont restés cultes, comme le générique de fin, qui souhaitait un bon anniversaire aux membres du Club – ce qui n'empêchait pas bien des enfants non membres d'attendre le jour dit que leur nom s'affiche sur l'écran, comme par miracle... Un souvenir si frustrant qu'un groupe s'est créé sur un réseau social à succès autour de ce vieux morceau d'inconscient collectif : « Si toi aussi tu cherchais ton nom dans le générique de fin du "Club Dorothée" ... »

« J'espère que ce ne sont pas les lunettes de Bono. »

Une mode étrange

Internet nous permet aujourd'hui de jeter un coup d'œil en arrière. Les grandes cousines qui se sont assagies depuis, les jeunes tantes, les mères délurées, n'avaient alors d'yeux que pour Bono, le leader de U2.

Même sans aller jusque-là, il est intéressant d'étudier le style qu'avaient adopté les rockstars en 1987. Dans le clip de cette merveilleuse chanson, Bono a le cheveu souple, brillant et dompté par une petite queue de cheval ; il chante, la guitare en bandoulière, le buste légèrement basculé vers l'arrière comme si l'instrument n'avait pas plus d'utilité qu'un sac à main. Les musiciens sont vêtus de débardeurs de coton blanc, Bono le porte en version cuir – c'est le leader. Par leur art et surtout par leur regard, les rockeurs donnent une intensité grandissante à la chanson, dans des volutes de brume et une abondance d'effets très spéciaux... Ils sont l'incarnation de l'homme viril type livreur de Coca Cola Light dans une publicité des années 1990.

Cependant, le dandy plaît aussi aux femmes. Michael Jackson, par exemple, déjà au sommet de sa longue gloire. En 1987 sort l'album *Bad*. L'année suivante, il interprète « The Way You Make Me Feel » et « Man in the Mirror » lors des Grammy Awards. La fluidité surréaliste de ses pas de danse fait hurler le public. Il est alors vêtu d'une surchemise bleue, d'un pantalon court, de socquettes blanches, de derbys simplissimes et de son célèbre chapeau.

Autre star, autre classe : l'extravagante Cher reçoit, en 1987, un Oscar pour son rôle dans la comédie romantique *Éclair de Lune* (*Moonstruck*), où elle tombe dans les bras de Nicolas Cage. Lors de la cérémonie, elle monte sur la scène pour recevoir la statuette des mains de Paul Newman,

Nous aussi, tu nous fais transpirer, Michael.

Cher et Nicolas Cage à l'affiche de *Moonstruck*, de Norman Jewison, 1984.

moulée dans une robe brodée de dentelles, de perles et de paillettes noires, qui rappelle le drapé des costumes orientaux.

La cagoule, c'est pas cool.

L'armée chinoise réprime la révolte des étudiants sur la place Tienanmen à Pékin, le 4 mai 1989

Le 15 avril 1989, après la mort, d'une crise cardiaque, de l'ancien secrétaire du Parti communiste chinois, limogé en 1987, le réformiste Hu Yaobang, une première manifestation est organisée sur la symbolique place Tienanmen pour réhabiliter sa mémoire. Peu à peu, des Chinois originaires d'autres provinces viennent apporter leur soutien aux grévistes et les manifestations se multiplient. La place est bientôt occupée jour et nuit par des étudiants réclamant plus de démocratie et une lutte plus efficace contre la corruption. Les négociations avec le pouvoir politique échouent et le mouvement risque de se répandre dans le pays. Mais, dans la nuit du 4 juin 1989, des chars d'assaut viennent déloger avec une grande violence « les ennemis du régime », selon les mots de la télévision chinoise. Puis, le flux d'images s'interrompt. Les médias internationaux assistent, interloqués, à la mise en œuvre de la propagande chinoise. « La prise d'assaut [...] a été présentée comme le "nettoyage" d'un lieu occupé par les ennemis du gouvernement » raconte un journaliste de RFI, témoin des faits.

« Mais pas un mot sur les victimes du carnage de la nuit dernière, pas un mot sur les tirs à bout portant des soldats sur la foule », s'étrangle-t-il, bouleversé. On ne connaîtra jamais avec certitude le bilan de cette intervention : les estimations oscillent entre plusieurs centaines et une dizaine de milliers de morts.

Emmanuelle Béart et les autres

Sous un soleil de plomb, dans les collines grises de Provence, une bergère se met à danser les bras en l'air, un peu folle : c'est la Manon des sources de Claude Berri (1986), la fille de Guy Béart et du sud de la France, Emmanuelle...

Emmanuelle Béart en 1987.

dont la beauté laisse pantois le monde entier et sans aucun doute Daniel Auteuil, son partenaire dans le film et son mari à la ville.

De l'autre côté de l'Atlantique, une autre princesse aux cheveux blonds comme les blés fait craquer les States (et Sean Penn) dans *Princess Bride* (Rob Reiner, 1987) : Robin Wright, qui sera la Jenny de *Forrest Gump* (1994). Ce conte débordant d'humour plaît à nos parents, qui s'obstinent à nous le passer et repasser ; il fera notre conquête, plus tard peut-être, quand nous serons en âge de le comprendre.

Roger Rabbit nous fait rire et nous séduit, comme Jessica.

Car cette époque est bien sûr celle où, lors des réunions de famille, nous braillons une fois le repas englouti : « On peut sortir de table ? » Et si nous avons la chance de passer la soirée chez des cousins équipés d'un magnétoscope, nous courons retrouver *Basil, détective privé* (Disney, 1986), *La Petite Sirène* (Disney, 1989), *Qui veut la peau de Roger Rabbit* (Robert Zemeckis, 1988) ou *Beetlejuice* (Tim Burton, 1988).

Souvent, en fin de repas, un adulte intrigué demande « Mais que font les enfants ? », et après avoir retrouvé et contemplé la marmaille agglutinée devant la télé, il se laisse tomber sur un sofa pour savourer le spectacle. Un dessin animé télévisé comme « Princesse Sarah », l'histoire d'une petite héritière ruinée et transformée en bonne à tout faire dans un pensionnat pour jeunes filles riches, arrache des larmes à ma propre mère.

Vous avez vu le spectacle des tout-petits ? Fa-bu-leux.

La chute du mur de Berlin.

La fin de la guerre froide

Certains d'entre nous se souviennent de moments marquants de l'actualité de ces années-là. Par exemple, d'un événement venu percer la bulle du monde merveilleux de l'enfance : la chute du mur de Berlin. Cela se passe en 1989. La journaliste Christine Ockrent l'annonce lors du JT de 20 heures sur Antenne 2 : « Le 9 novembre 1989, aujourd'hui, retenons bien cette date. Le mur de Berlin est toujours là, mais d'une certaine manière il n'existe plus. Le rideau de fer, qui depuis vingt-huit ans sépare les deux Allemagne, et comme une longue blessure, les deux Europe, le rideau de fer a aujourd'hui été effacé, par la pression d'un peuple sur un régime à bout de forces. »

Dans la nuit du 9 au 10 novembre, la jeunesse allemande, armée de pioches, perce des brèches dans le Mur construit en 1961 pour empêcher les Allemands de l'Est de se rendre à l'Ouest. Des milliers d'Allemands de l'Est et de l'Ouest traversent sous les applaudissements la frontière devenue obsolète, et n'en reviennent pas, devant les caméras du monde entier. « On a l'impression qu'un symbole vient de tomber », bredouille le reporter présent sur place... La fin de la guerre froide, qui opposait le bloc de l'Ouest au bloc de l'Est, sera entérinée par l'effondrement de l'URSS en 1991.

1990-1994

L'âge de raison

Sur le chemin de l'école

Tous les jours, de septembre à juin, nous sommes obligés d'aller à l'école à 8 h 30 pétantes. Elle est « gratuite, laïque et obligatoire » grâce à Jules Ferry ou à ce sacré Charlemagne, peu importe – merci les ancêtres. On se réveille en catastrophe, on enfile au hasard ce qui tombe du placard, un t-shirt et un sweat-shirt ou une veste tricotée par une grand-mère, un petit jean ou une jolie jupe, et nous voilà en chemin. On se joint à un flot d'écoliers qui grossit petit à petit, au fil des affluents, des carrefours où l'on croise, main dans la main avec un parent ou une grande sœur, d'autres têtes connues qui se mettent à gigoter en nous voyant. À 8 h 32, l'instituteur écrit majestueusement la date au tableau : « 6 septembre 1990 ». Il nous faudra apprendre à l'écrire dans la marge sur nos cahiers à grands carreaux.

Chronologie

11 février 1990
En Afrique du Sud, Nelson Mandela est libéré : cet événement marque la fin symbolique de l'apartheid.

17 mai 1990
L'OMS retire l'homosexualité de la liste des maladies mentales et met fin à plus d'un siècle d'homophobie médicale.

2 août 1990
Début de la seconde guerre du Golfe. L'Irak de Saddam Hussein envahit le Koweït.

2 mars 1991
Mort de Serge Gainsbourg.

15 mai 1991
Édith Cresson remplace Michel Rocard, devenant ainsi la première femme Premier ministre en France.

12 juin 1991
Boris Eltsine devient président de la république de Russie.

19 juillet 1991
Dans l'ex-Yougoslavie, un conflit éclate entre la République de Croatie, l'armée populaire yougoslave et une partie des Serbes de Croatie.

7 février 1992
Signature du traité de Maastricht.

24 décembre 1992
Mort de Peyo, auteur des *Schtroumpfs* et de *Johan et Pirlouit*.

1er mai 1993
Le Premier ministre français, Pierre Bérégovoy, met fin à ses jours.

13 mai 1993
Un homme qui se fait surnommer « Human Bomb » prend en otage des élèves d'une école maternelle à Neuilly, ville dont Nicolas Sarkozy est le maire. Le preneur d'otages sera finalement abattu par le Raid.

26 mai 1993
L'OM remporte la Ligue des champions face au Milan AC, 1-0, grâce à un but de Basile Boli à la 44e minute.

15 avril 1994
Fin du GATT (General Agreement on Tariffs and Trade) et lancement de l'OMC (Organisation mondiale du commerce).

19 mai 1994
Ouverture au public du tunnel sous la Manche.

Une famille idéale (*Matilda*, de Danny DeVito, 1996).

Pour le moment, on se contente de farfouiller dans une trousse regorgeant de crayons de papier, gomme, stylos Bic, stylos plume et même crayons de couleurs, alors qu'il fallait acheter une autre trousse pour les crayons de couleurs et les feutres. Mais on n'a pas respecté la liste.

Le moment agréable de la rentrée aurait pourtant pu être celui où l'on achète les fournitures scolaires. La fameuse liste est pleine de promesses. On s'imagine heureux propriétaires d'une nouvelle trousse, propre, avec de beaux volumes, et qui sent bon le plastique ; de stylos quatre couleurs, de micro-pointes, de gommes en forme de cœur, de cahier de textes super graphiques. Mais on finit par recycler la trousse de son frère ou celle de l'année

Prendre la clé des champs, c'est plus sympa.

précédente – qui est molle, tachée d'encre et pleine de petits morceaux de papier, voire d'épluchures de crayon pour ceux qui n'avaient pas le taille-crayon À RESERVOIR alors que c'était précisé en majuscules.

« Elle est gonflée, la maîtresse », dit parfois ma mère en avisant les « 52 feutres fins et 52 feutres larges » surlignés en rouge, se décidant pour un lot de feutres moyens qui devra bien faire l'affaire. Le cahier de textes, déjà moche, sera bientôt maculé d'absurdes injonctions professorales : « apprendre PAR CŒUR la poésie » – « Écrivez bien par cœur en majuscules », précise encore le maître.

La constitution d'une société

Est-ce l'arrivée de la contrainte, qui s'incarne dans la corvée des devoirs, ces lignes laborieuses de majuscules ampoulées à faire tous les jours, ces fiches de tables de multiplication à apprendre par cœur, qui nous fait mûrir ? Est-ce elle qui nous fait réfléchir, à 6 ans et presque 7, l'âge de raison, à notre position dans l'échiquier social de la cour de récréation ? Postés en retrait avec la lucidité d'un anthropologue, nous voyons émerger l'école dans sa diversité, ses différentes composantes, ses courants de pensée. Et comme l'homme est un animal social, nous savons qu'il faudra nous intégrer à l'un d'eux.

Chez nous, il est facile de les identifier : il y a les groupes les plus sociables, formés dès les premiers jours de la rentrée, se composant de filles souriantes qui aiment la gymnastique et de garçons sympathiques, populaires et confiants. Bons en sport, pas mauvais en classe. Il y a aussi un gang de cancres, même en CP. Quelques fillettes rêveuses, un peu seules, qui sautillent sur leur marelle

De Gaulle a la cote à proximité des toboggans.

perso tracée à la craie. En se découvrant reflets les unes des autres, boudeuses et silencieuses, ces fillettes finissent par s'approcher, avec prudence toutefois, et à se lier.

Ma première amie est ainsi une sauterelle aux grands yeux sombres et à la voix cassée. Elle me raconte négligemment son incroyable vie en regardant ses pieds. « Je suis élevée par une marâtre. Elle me fait dormir près de la cheminée. Ma mère a disparu, enlevée par des ravisseurs. » Cela ne nous empêche pas de devenir copines, et je passe des week-ends chez ses parents (miraculeusement retrouvés) à créer plusieurs associations dont le Club des chanteuses foucinglées, qui ne durera pas, contrairement aux Club des amis de la nature, dont l'objet social est la sauvegarde des fourmis de la cour de récréation.

Cette société-là n'a pas l'air très nette.

Roald Dahl en famille.

Goodbye, Roald Dahl...

*Un géant aux oreilles disproportionnées tient dans sa main une petite fille. Elle s'appelle Sophie ; « Toi, tu as la tête plus vide qu'une cloche à fromage», la rabroue-t-il d'abord. Mais qu'elle se rassure, ce géant est gentil, ne mange que du schnokombre et boit de la frambouille, une boisson pétillante dont les bulles pétillent vers le bas... Keskeçé ?**

Réponse : Le Bon Gros Géant *(*The Big Friendly Giant, *1962), une fabuleuse histoire de Roald Dahl. Cet ex-pilote et écrivain anglais meurt le 23 novembre 1990, alors que nous apprenons à lire; mais nos bibliothèques regorgeront de ses aventures prodigiminieuses, comme dirait le BGG...*

Extrait : « Le géant éclata d'un rire retentissant. – Alors, parce que moi, c'est un géant, tu crois que c'est un gobeur d'hommes canne à balles ? s'exclama-t-il. Hé ! Tu as raison ! Les géants, c'est tous cannibalaires et patibules ! C'est vrai : ils mangent des hommes de terre ! Et ici, on est au pays des Géants ! »

Roald Dahl, né au Pays de Galles en 1916, est l'auteur de chefs-d'œuvre comme Matilda, *l'histoire d'une petite fille très intelligente qui dépérit entre des parents abrutis par la télévision et une directrice d'école sadique ; ou* Charlie et la Chocolaterie, *porté à l'écran par Tim Burton, avec Johnny Depp dans le rôle de Willy Wonka, le généreux confiseur. Mais aussi* Sacrées sorcières, La Potion magique de George Bouillon, James et la grosse pêche...

Ses œuvres se distinguent par leur style savoureux et leur humour noir peu commun dans les livres d'enfants. Les adultes y ont souvent le mauvais rôle, rendant les enfants malheureux par leur méchanceté, mais ces derniers finissent toujours par prendre leur revanche. L'imagination de Roald Dahl était alimentée par les histoires que lui contait sa mère quand il était petit, et se trouva décuplée – c'est lui-même qui le dit – lors de la venue au monde de sa propre progéniture : il s'est mis à écrire pour la jeunesse après être devenu papa, en 1960.

« Keskeçé » est le nom d'une rubrique dans Astrapi, *le magazine des 7-9 ans publié par Bayard Jeunesse.*

Les amoureux des écoles publiques

Même les juniors sont amoureux.

Comme l'amitié, l'amour est un sujet d'intérêt croissant. S'en douterait-on en voyant ces têtes joufflues se sourire sur le chemin de l'école ? Se rappelle-t-on qu'il y a, en dehors des rires et des jeux, dans l'arrière-boutique de ce petit cerveau, des rêveries ayant pour objet le visage d'un ou d'une amoureux-se ? Ainsi le chef du gang des cancres, un garçon un peu nerveux, n'a-t-il qu'une faiblesse : une fillette timide au visage constellé de taches de rousseur. Dans le groupe des cools, tout le monde est amoureux de la gymnaste, qui arrive en jogging à l'école – le comble du sexy dans les années 1990 – et marche sur les mains dans le préau.

Il y a aussi les relations plus rationnelles qui unissent les premiers de la classe, fondées sur une admiration mutuelle et beaucoup de rivalité. Ils comparent le nombre de bons points et d'images obtenus (dix bons points équivalant à une image) d'un œil circonspect. Ils détestent les fêtes des pères, des mères, etc, non par ingratitude, mais parce que l'apprentissage des mathématiques et de la grammaire laisse alors place à des ateliers impliquant des coquillettes crues, des pinces à linge, du vernis, de la peinture, des pots de yaourts, de l'argile, de la pâte à sel et bien d'autres matériaux loufoques, suivant la fantaisie du maître ou de la maîtresse.

Au mois de juin, de même, lorsque l'ambiance se détend, nous travaillons tous ensemble, fenêtres ouvertes, voire dans la cour, à découper des guirlandes dans du papier crépon pour préparer la kermesse de fin d'année.

La classe de neige est propice aux rapprochements.

La guerre du Golfe (1990-1991)

L'armée irakienne, les paysages désertiques du Koweït sillonnés par les pipelines et plantés de derricks servant au forage du pétrole, les puits en feu et l'épaisse fumée noire qui s'en dégage... Ce sont des images que nous avons sans doute vues, sans trop les comprendre peut-être, dans les journaux télévisés de ces années 1990-1991. La deuxième guerre du Golfe éclate en effet le 2 août 1990, lorsque l'Irak, dirigé par Saddam Hussein, envahit le petit État du Koweït voisin.
À l'époque, l'Irak sort d'une longue guerre contre l'Iran (1980-1988), qu'elle n'a ni gagnée, ni perdue, mais qui a laissé le pays exsangue et endetté. L'État reproche au Koweït, pays du golfe Persique qui partage avec lui sa frontière au nord, de s'enrichir à ses dépens. Mais l'armée irakienne va se heurter rapidement à une coalition militaire regroupant pas moins de trente-quatre États, emmenée par les États-Unis et à laquelle participent la France, l'Allemagne, l'Arabie saoudite ou encore la Syrie, tous hostiles au régime de Saddam Hussein. Riche en pétrole, la région, pour des questions énergétiques et stratégiques, ne saurait être déstabilisée...
Pendant l'automne 1990, l'opération « Bouclier du désert » est destinée à préparer la riposte des alliés, qui réunissent plus de 700 000 soldats, 4 000 chars et 1 500 avions sur la péninsule Arabique. Elle est suivie de l'opération « Tempête du désert » à partir de janvier 1991 – qui correspond à la phase offensive – avec des attaques aériennes puis des combats au sol. L'armée irakienne se rend « presque sans se battre », rapportent les journaux télévisés. Les pertes alliées sont limitées ; celles des militaires irakiens et des civils, difficiles à chiffrer – sans doute plusieurs dizaines de milliers de morts...
L'image des flammes au-dessus des puits de pétrole koweïtiens a marqué les esprits : en se retirant du territoire occupé, l'armée irakienne a mis feu à des centaines de puits. Les colonnes de fumée se sont élevées jusqu'à 600 mètres au-dessus du sol, et le dernier foyer a été éteint en novembre 1991.

Calippo, Fusée, une boule chocolat.
Chacun son truc.

Épervier, es-tu prêt ?

Nos jeux sont quasiment les mêmes que ceux qui sont en vogue dans les écoles d'aujourd'hui. Il arrive qu'une cour semble calme, quand soudain une voix aiguë demande : « Épervier, es-tu prêt ? » et qu'une autre répond : « Oui ! » Aussitôt, un raz-de-marée d'enfants traverse la cour de part en part à la vitesse d'un cheval au galop. Les éperviers en question sont les rares méchants qui doivent attraper les autres, comme le chat doit attraper les souris perchées dans le jeu intitulé « Chat perché ».

Il existe bien entendu des variantes dans le scénario : par exemple, des éperviers peuvent se retrouver dans la peau des gentils, des « cerfs » surgis de nulle part dans celui des méchants, mais enfin, le principe est le même. Autre jeu très apprécié : « Filles attrapent garçons » et son corrélatif « Garçons attrapent filles ». Succès garanti. Parmi les amusements collectifs figure encore le « Ballon prisonnier », détesté par les gens peu réactifs qui se prennent systématiquement le ballon dans la figure.

Votre cours de natation, avec ou sans brassards ?

Hors les murs

Mais il y a une vie en dehors de l'école ! Les premières activités (foot, danse, piano, violon, guitare, escalade, catéchisme, piscine, ski, dessin, équitation) ; les colonies, les classes vertes et les classes de neige ; les grandes vacances. Souvent, on se découvre pendant ces périodes de loisirs une passion qui durera toute la vie : la musique, la lecture, le sport, la physique et la chimie (ah, les expériences de petit chimiste menées dans sa chambre !). Il y a aussi les animaux : on ramasse ce qu'on peut le week-end à la campagne, plaçant délicatement dans nos poches des escargots et des sauterelles, que nos parents vident en sursautant le dimanche soir. On peut encore aimer les cailloux – et voir un précieux fossile dans chaque jolie pierre trouvée au bord de la rivière.

De mon côté, je suis abonnée à *J'aime lire*, surtout pour « Tom-Tom et Nana », comme tout le monde ; mais pas à L'École des loisirs, les livres que certains reçoivent directement en classe. En revanche, je vais chercher chaque semaine

Le t-shirt Tortues Ninja, une pièce très prisée.

Dinosaures au kiosque, où je trouve chaque semaine un morceau du squelette fluorescent du tyrannosaurus rex, remis à la mode par Steven Spielberg (*Jurassic Park*, 1993). Dans les maisons de la presse, les boulangeries et les supermarchés, sur un tourniquet en fer disposé à côté du comptoir, se trouvent les images Panini des championnats de football et du *Roi Lion* (Studios Disney, 1994). Nous commençons d'ailleurs à aller voir des films – et pas que des dessins animés – au cinéma : *Un Indien dans la ville*, *Babe* (le cochon devenu berger)... et *Pocahontas*, tout de même.

Lorsque retentit la sonnerie, ça crie et ça gesticule – sauf qu'on doit se mettre en rang pour sortir et que tant qu'on n'est pas calme, on ne s'en ira pas – rituel ô combien cruel. Mais une fois la grille franchie, c'est la course vers la maison, la télé et la télécommande. Car dès 1993, tous les jours à 16 h 40, retentit le générique groovy des « Minikeums ». « Nous sommes les Minikeums, on se surnomme ça-comme / On est haut comme trois pommes mais nous on met la gomme », chante Nag, minimarionnette inspirée par Nagui. Interviennent aussi Coco (Antoine de Caunes), Jojo (Johnny Hallyday), M'sé (MC Solar), Vaness (Vanessa Paradis) et Zaza (la chanteuse Elsa), sans oublier Josy (Josiane Balasko) et Bernard (Bernard Pivot).

Le mardi soir, c'est la soirée des enfants, le rendez-vous à ne pas rater : à partir de 1992, FR3 programme « Les Aventures de Tintin ». « Du chloroforme ! » s'exclame souvent Tintin de sa voix juvénile en découvrant un mouchoir blanc sur les lieux d'un enlèvement, tandis que Milou renifle consciencieusement les alentours pour trouver une piste. La série reçoit le 7 d'or de la meilleure émission pour la jeunesse en 1993.

C'est décidément l'âge béni de la télévision : dans les cours de récré sont systématiquement reprises les meilleures vannes des humoristes du moment. Du « Mangez des pommes » prononcé par la marionnette de Jacques Chirac aux « Guignols de l'info » durant la campagne présidentielle de 1995, au « Isabelle a les yeux bleus » des Inconnus, formés par Pascal Légitimus, Didier Bourdon et Bernard Campan.

Deux visions du tipi indien.

1992 : les Français doivent se prononcer sur le traité de Maastricht

« Vous avez demandé aux Français de se prononcer par référendum ; ils le feront, dans deux mois, le 20 septembre. Est-ce que ce serait, monsieur le Président, un drame, pour la France et pour l'Europe, si le non l'emportait ? » Légère inspiration de François Mitterrand, qui déclare sans hésiter : « Ce serait un événement redoutable. » C'est la réponse que donne le président socialiste au journaliste de TF1 Gérard Carreyrou qui l'interroge, le 14 juillet 1992 dans les jardins de l'Élysée, sur sa décision de soumettre à l'approbation des Français le traité de Maastricht, signé le 7 février 1992. Il s'agit du traité constitutif de l'Union européenne, qui doit mener l'Europe vers la monnaie unique. Celle-ci s'appelle encore à l'époque l'« ecu » (European Currency Unit), appellation qui fera trop penser aux moyen-âgeuseries du type « À quelle famille appartient cet écu ?! » (Christian Clavier interprétant Jacquouille la Fripouille dans Les Visiteurs *en 1993), et sera remplacée par l'« euro ».*
Le traité devait être ratifié par vote du Parlement ou par voie référendaire, et c'est cette deuxième option que choisit François Mitterrand. La campagne s'avère plus rude que prévu : si les sondages commencent par donner le « oui » largement en tête, l'écart se réduira progressivement. Selon les experts, c'est grâce à l'implication personnelle de François Mitterrand que le « oui » l'emportera le 20 septembre 1992, avec 51,04 % des voix et un taux de participation élevé pour un référendum, 69,70 %. Le traité entrera en vigueur le 1er janvier 1993 et posera les bases de l'Union économique et monétaire.

Petit frère, je te conseille de retirer cette photo de ton profil MSN.

Épilogue

Quand vient la fin de l'école primaire, on trouve qu'être en CM2, c'est vraiment trop génial. Les filles chantent à tue-tête *Sensualité* (Axelle Red, 1994) et *Dieu m'a donné la foi* (Ophélie Winter, 1995). Se hissent également dans le top 10 des cours de récré : Whitney Houston, Mariah Carey, Neneh Cherry (notamment *Seven Seconds* en duo avec Youssou N'Dour), Mylène Farmer (qui suscite une sorte d'adoration terrifiante), Céline Dion (*Pour que tu m'aimes encore*, 1995) et IAM. Les forts en Pogs se baladent avec des bananes remplies de ces disques en carton représentant des diables de Tasmanie.

Les filles jouent de leurs gambettes dans leurs caleçons serrés, assortis d'un simple t-shirt aux couleurs délavées, que l'on peut même customiser soi-même avec quelques tubes de teinture et des parents permissifs. Les tombeurs ont déjà l'intuition que, pour s'approcher d'elles, il ne sera pas inutile de se mettre à l'élastique ou à la corde à sauter. D'autres restent concentrés sur leur carrière footballistique, mais il y a toujours une bombe pour venir les taquiner sur le terrain.

Une révolution dans l'univers du sportswear impose le pantalon de survêtement Adidas à pressions sur le côté. Ce qui peut être un mauvais investissement quand on est une fille à tendance « martyrisée pendant les cours de sport ». Combien de fois le lourd (on ne dit pas encore « le relou ») de service s'est-il amusé à tout déboutonner d'un coup ?

L'année suivante, en sixième, ce genre d'individu, enhardi par son passage – *in extremis* – au collège, et malgré la présence des troisièmes, ose les baskets clignotantes (rouges) à l'arrière. Mauvais investissement encore, à l'ère où commencent à déferler les Vans et les Dr. Martens. C'est aussi le moment

À cheval sur mon poney.

des boums, des invitations à danser un slow et du quart d'heure américain – exploité seulement par les filles les plus audacieuses ! Une période difficile, en réalité.

Alors, pour se rappeler qu'on en jetait, à la belle époque, nous retournons nous incruster à la kermesse des CM2, le menton relevé et le col du blouson en jean dressé, foulant de nos pompes clignotantes notre ancien terrain de jeu, hantant comme de vieux loubards notre regrettée école primaire.

Drôle de jeu.

1995-1998

Le collège fou

La bague aux dents

« Alors ? F'est quoi ton emploi du temps ? T'as cours famedi ? » En cette rentrée de septembre 1996, l'excitation des sixièmes est à son comble. Qui zozote à cause de ses bagues ? Qui a gagné un bonnet (de tour de poitrine) pendant les grandes vacances ? À quoi sert le carnet de liaison – ou de correspondance ? Tout est nouveau, tout change, mon corps est en pleine croissance (« Il me faut de l'eau : de l'eau ! », dixit la publicité P'tit Vittel de 1997). Le vendredi, on sort à 16 heures.

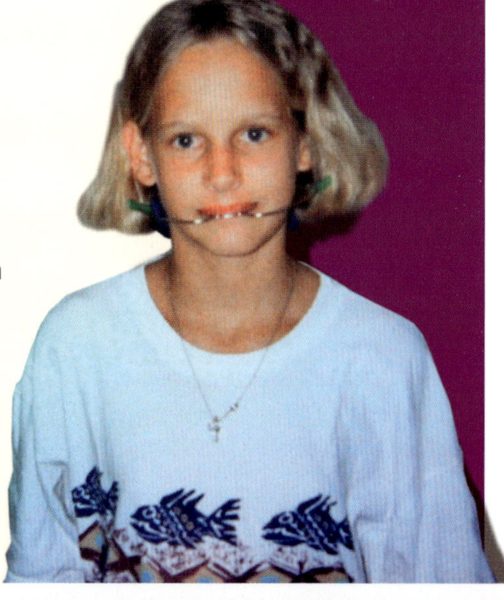

Si, si, on peut dormir avec ça.

Chronologie

7 mai 1995
Jacques Chirac est élu président de la République française.

25 juillet 1995
Début d'une série d'attentats meurtriers en France.

8 janvier 1996
Mort de François Mitterrand.

29 janvier 1996
Dernier essai nucléaire français, dans l'océan Pacifique.

27 mars 1996
Un commando d'islamistes du GIA enlève sept moines trappistes français vivant dans le monastère de Tibhirine, en Algérie. Ils seront exécutés le 21 mai.

5 juillet 1996
Naissance de la brebis clonée Dolly.

15 août 1996
En Belgique, l'affaire Marc Dutroux éclate.

31 août 1996
Lady Diana, princesse de Galles, meurt dans un accident de voiture à Paris, en même temps que son amant, Dodi Al-Fayed, et son chauffeur.

18 octobre 1996
En France, les numéros de téléphone passent de huit à dix chiffres.

2 juin 1997
Après la dissolution de l'Assemblée nationale et les élections législatives qui donnent la majorité au PS, Lionel Jospin est nommé Premier ministre.

17 juin 1997
Création de la radio Le Mouv' (Radio France).

17 novembre 1997
Un attentat contre des touristes à Louxor (Égypte) fait dix-sept victimes.

11 décembre 1997
Signature du protocole de Kyoto (Japon). Ce traité a pour objectif de réduire les émissions de gaz à effet de serre.

7 janvier 1998
Début de l'affaire Monica Lewinsky.

13 juin 1998
Adoption de la loi sur les 35 heures, projet porté par Martine Aubry, ministre de l'Emploi et de la Solidarité.

12 juillet 1998
La France, qui accueille la compétition, devient championne du monde de football.

Un pull Mickey, sinon rien.

« Tu viens ? On va squatter sur les marches avec le groupe. » On délire trop, en perm' comme en classe, parce que les profs et les pions, on les rend fous. « Kevin, tu prends la porte », fulmine une prof exaspérée. Et parfois, Kevin la soulève et sort avec, pour de vrai.

Boutons, appareil dentaire, corps mi-pubère, mi-enfantin : nous sommes les ados. Le jour où l'orthodontiste pose des bagues sur mes petites dents de lapin, mon père me dit, peiné : « Je t'achète tout ce que tu veux. » Coup double. Je passe la soirée devant la glace de la salle de bains, un large sourire plaqué sur la figure, avec les pieds en canard pour bien voir le profil de mes nouvelles Kickers : impossible de déterminer, vraiment, ce dont je suis la plus fière.

Vient tout de même un jour où l'on se lasse des bagues (et des Kickers). Certains de mes camarades ont bien du mal à s'en défaire. Bagues gris métallisé puis transparentes, élastiques, appareil de nuit... L'attirail s'étoffe. Avec un peu de chance, ces champions de l'orthodontie réussiront à tout enlever avant l'entrée en seconde. Mais c'est vrai qu'eux, aujourd'hui, ont les dents droites.

Rien de tel qu'une bonne belote au saut du lit.

Opération séduction dans un jardin anglais.

Spice up your life

Tout le monde ne passe pas de l'enfance à l'âge ingrat puis à la maturité au même moment. Ainsi en est-il des filles : l'adolescence, il y en a qui ont ça dans le sang. Le matin, une fois leur queue de cheval haute effectuée, elles contemplent avec un petit sourire de satisfaction leur collection de gloss fruités, de mascaras pour cheveux et de colliers-tattoos qui se collent au cou. Elles écoutent le Doc et Difool avec plus de concentration que la prof de latin, possèdent un pantalon Pussy et une brassière avant les autres, et surtout, se lèvent à 6 heures pour avoir le temps de se badigeonner

Chaque fille avait sa préférée ; pour les garçons, c'était souvent Victoria.

de fond de teint, d'aller au collège avec des Buffalo compensées de 10 centimètres et de fumer une cigarette devant la grille avec le gang des scooters. Elles sont sorties avec un garçon en CM2 et envisagent de se mettre sérieusement en couple dès la cinquième.

Ma révolution culturelle à moi s'est avérée un peu plus douloureuse. En 1997, je fête mes 12 ans. J'affectionne encore les pantalons en velours et les robes à smocks. Serre-tête et col rond Jacadi encadrant nos visages poncés par le Biactol, mes quatre invitées et moi goûtons près du piano. Elles me tendent un morceau de carton de forme carrée enveloppé dans du papier cadeau. Objet obscur que j'ai peu rencontré jusqu'alors : un single. Après un bref coup d'œil jeté à la pochette (Les Spice Girls ? Cinq femmes en tenue légère sur fond blanc et un anglicisme qui ne fait aucun sens ?), j'insère, incrédule, le disque dans le lecteur. C'est alors que retentissent dans le salon familial les fameuses notes : « Tan, tan dan, tan, dan, dan, tan, tan, tan, dan : If you wannabe my lover ». Trahison. Quelle musique audacieuse !

Rouge de honte, je prie mes parents, qui sont en train de servir le gâteau renversé à l'ananas, d'excuser mes amies. Mais ils sourient en balançant la tête. Après une écoute polie du CD deux-titres, je déclare « Je préfère la deuxième », c'est-à-dire *Bumper to Bumper* dont personne n'a plus entendu parler par la suite, et remercie froidement l'assemblée.

Quatre mois plus tard, ma chambre est couverte de posters à l'effigie de Geri (ma préférée), de Mel C, de Mel B, de Victoria et d'Emma, parfois assortis d'une citation : « En avion, on adore demander à une fille de nous prêter sa pince à épiler et la lui rendre pleine de poils pubiens ! » Les choses sérieuses peuvent enfin commencer.

« C'est beau, un monde qui joue »

Le 10 juin 1998, les rues des grandes villes françaises se colorent de bleu ciel avec les supporters de football argentins, d'orange grâce aux Hollandais, mais aussi de rouge, de jaune, de blanc... La Coupe du Monde s'ouvre en France et notre équipe nationale, qui n'a jamais été championne, fait figure de timide challenger face à des géants comme le Brésil et l'Italie. Dans les vestiaires de Clairefontaine, Aimé Jacquet motive son équipe : « Robert [Pirès] ! Il faut que tu muscles ton jeu ! Tu es trop gentil Zizou [Zidane] ! Meneur, ça veut dire l'obligation de mettre en route le jeu ! T'as un peu exagéré ces derniers temps, Youri [Djorkaeff] ! Lui, quelle est sa force ? Les trente derniers mètres... » (citations extraites de Les Yeux dans les Bleus, *un documentaire de Stéphane Meunier).*
Le 12 juin, c'est parti. Le premier but de l'équipe de France est marqué par Christophe Dugarry contre l'Afrique du Sud, battue 3 à 0. C'est le début d'un parcours sans fautes ; les Bleus terminent premiers de leur groupe, devant le Danemark. En 8e de finale face au Paraguay, Laurent Blanc sauve son équipe grâce à un but en or tiré pendant les prolongations. Le quart de finale contre l'Italie se joue, lui, aux tirs au but. Et s'achève lorsque l'Italien Luigi Di Biagio prend son élan, que le commentateur de TF1 Thierry Roland cache son visage dans un maillot de Trezeguet, et que le ballon fonce droit... vers la transversale.
La France est en demi-finale contre la Croatie. Image marquante de ce match-là : la stupeur du défenseur Lilian Thuram, un doigt posé sur la bouche, après avoir marqué les deux buts qui permettront à la France de l'emporter (2-1). La suite, est-il nécessaire de la rappeler ? Le 12 juillet 1998, après le baiser rituel de Laurent Blanc sur le crâne de Fabien Barthez, les deux têtes de Zinédine Zidane et le tir d'Emmanuel Petit terrassent l'adversaire suprême, le Brésil. Les joueurs, à l'image de Marcel Desailly, Bixente Lizarazu et Didier Deschamps, se sautent dans les bras... Partout, c'est une explosion de joie, et nous entonnons ensemble : « La lala la la, lalalalalala, lala la la, lalalalalala, la la lalalalalalalalaaaa... »

On a vraiment été bons, cette année-là.

Traîner sur les marches, avoir l'air blasé.

Cœurs à vif

Trop canon, le skateur.

Lorsqu'on commence à 8 heures, le réveil est difficile, le nez dans ses céréales. On se douche, glisse dans une poche un goûter qui finira de toute façon écrasé. Puis, chacun – skateur, hippie ou cagole –, gentiment endormi, place son Eastpak sur ses frêles épaules et prend le chemin du collège. On y retrouve nos potes et leur surchemise portée comme une veste (chez les mecs) ou nouée autour de la taille (chez les filles, mais aussi Cal et Schelim des Worlds Apart dans *Baby Come Back*, 1996). On se range devant la salle de cours et on entame les premières conversations de la journée : « Il paraît que Marylin Manson a tronçonné une vache sur scène. » « Il paraît qu'il s'est fait enlever deux côtes pour... » « Et qu'il a mangé un poussin ! » « Au fait, vous avez entendu ? Gala est morte. » (Gala, *Freed From Desire*, 1996 – elle n'est pas morte).

Dans la classe, pendant que certains s'affairent à confectionner des fusées avec des cartouches d'encre qu'ils lancent vers le plafond, une fille

Ça, c'est de la choré.

demande à sa copine : « Tu peux me passer ton agenda ? » Comme ça, l'air de rien. Alors qu'on sait très bien ce que ça veut dire. « Salut la folle !!, écrit-elle avec des stylos pastel qui sentent bon, Are you OK ? Good ! Cette prof a une voix endormante (j'sais pas si ça existe). C'est nul les maths ! J'ai eu un point de mauvais travail ! Je te laisse, on fait un exo ! Big bisous bien baveux. » Il s'agit là d'un spécimen de mot qui obéit à un schéma classique : description de ce qui se passe, émission de regrets à propos du contenu de l'enseignement, signature le plus souvent accompagnée d'un grand « B » et de quelques suffixes superposés.

À midi, nous allons à la cantine et glanons les dernières nouvelles. « Ce soir, à 17 heures, devant le marchand de bonbons, Machin et Untel vont sortir ensemble. » À 17 heures, la moitié du collège se retrouve devant le marchand de bonbons, Machin et Untel s'approchent l'un de l'autre, procèdent à l'échange des consentements : « Tu veux sortir avec moi ? » – « Oui ! » et à quelques arbitrages : par exemple le sens qu'on donnera au baiser – au sens propre du terme. Le reste, on ne peut que le deviner, quand on ne l'a pas encore expérimenté. On peut aussi se moquer pour dissimuler sa peur : « Oh la soupe de spaghettis ! » Surtout que dans la cour, on commence à élaborer des palmarès : « Machinette, elle embrasse super bien. »

Après, il faut se dépêcher de rentrer pour bazarder son sac dans l'entrée, virer le petit frère qui regarde les « Animaniacs » et zapper sur France 2 pour ne pas rater « Hartley, cœurs à vif ». Générique : guitares électriques à fond, apparition des visages de Nick, Jodie, Katarina, Matt, Bolton, Anita et Drazic. Scoop : ces deux derniers étaient vraiment ensemble pendant le tournage des dernières saisons, mais leur romance n'aura pas survécu à l'arrêt de la série.

Game Boy Color et football, le pied. Mais d'abord, tu sors de ma chambre.

Premières geekeries

En 1999, nous sommes dans l'antichambre de la révolution technologique. Aux prémices de la société que nous connaîtrons adultes, et dont les enfants d'aujourd'hui maîtrisent déjà les codes à la perfection. Il existe, par exemple, des services de mini-messagerie : les Tatoos et les Tam-Tam permettent aux rares personnes qui en sont équipées – en général, les fistons de parents angoissés – de recevoir des mini-messages – mais pas d'en envoyer. À la fin de nos années collège, la firme finnoise Nokia lance ses premiers 5110. Des mobiles à coque interchangeable, colorés, équipés d'une petite antenne, sur lesquels nous jouons au serpent.

D'ailleurs, côté jeux vidéos, ça s'accélère aussi : la Game Boy grise a été remplacée par un format Pocket puis Color. Après les dessins 8 bits de la Nes (sortie en France en 1987), les 16 bits de la Super Nes (1992) et les disquettes sur lesquelles il fallait souffler pour les faire fonctionner, les jeux se sophistiquent. En 1995, Sony sort sa Playstation en France, avec ses jeux sur CD et ses animations 3D. Tony Hawk, Gran Turismo ou Lara Croft connaissent un succès phénoménal. Sony ébranle même son grand rival, Nintendo. La riposte a lieu en 1997 avec la sortie européenne de la Nintendo 64.

L'ordinateur n'est pas encore un moyen de se connecter au reste du monde : il sert surtout à révéler des talents artistiques. Nous pouvons passer des heures sur le logiciel Paint, à tracer des courbes avec le pinceau ou le crayon, régler l'épaisseur des traits, créer un fond de couleur dans un espace en cliquant sur le pot de peinture – le dégradé de couleurs étant très apprécié – et incruster quelques mots dans une police bizarre : Mlle Trucmuche, trucmuche@caramail.com (oui, il s'agit en fait d'une carte de visite, visiblement). L'an 2000 est pour bientôt.

La voix qui allège nos mélancolies.

Merci, France Télécom

Parmi nos séries cultes, il y a aussi « Les Incroyables Pouvoirs d'Alex », « Parker Lewis ne perd jamais », « Code Lisa », « Chair de poule », « Les Contes de la crypte »... Il serait difficile d'être exhaustif. Et puis, si la télévision permet de se reposer en rentrant d'une journée chargée, le dos meurtri par les bouquins qu'on s'est trimballés, elle est fortement concurrencée par d'autres médias. Au premier rang desquels, la radio et le téléphone.

De 1996 à 1999 et au-delà, le téléphone est source de drames. Si on ne s'en rend plus compte aujourd'hui, il ne s'agit pas, alors, d'une dépense forfaitaire négligeable, mais d'une vraie angoisse : la note est fonction de son degré d'utilisation. « Le jour où mes parents vont recevoir la facture... », tremblé-je souvent.

Ce jour-là, en effet, d'un geste sec et déjà exaspéré par l'épaisseur du relevé détaillé, utile pour bien répartir les responsabilités, mes parents ouvrent l'enveloppe et annoncent le chiffre. Je m'écrie : « Vous m'accusez toujours ! Vous demandez jamais rien à mon frère ! » – qui, du haut de ses 9 ans, nous regarde avec des yeux ronds. Je finis par disparaître dans ma chambre en claquant la porte. Révoltée, je farfouille en pleurnichant dans une trousse top secrète et en tire un mégot de cigarette piqué lors d'un week-end à la campagne trois semaines plus tôt. Je tire trois taffes dessus en espérant ne pas devenir stérile et allume la radio. À l'époque, on peut mettre Fun Radio et tomber sur *Creep*, de Radiohead (1993)... Tout à coup, l'injustice de la vie devient plus légère ; la voix mélancolique de Thom Yorke rendrait la douleur presque agréable.

On arrache alors doucement les posters des Spice Girls, s'empare d'un feutre et écrit « Radiohead » sur la poche avant de son Eastpak. On y dessine aussi un petit « peace & love », on met du crayon khôl sous ses yeux, on tient un journal intime plus régulièrement. Et soudain, on entend sortir des enceintes de son poste-cassette / radio-réveil : « C'est mardi, c'est les coups de gueule de Françoise. » Alors, on se glisse sous la couette pour écouter en s'endormant les dialogues délicieusement trash de Max, dans le « Starsystem » sur Fun Radio.

C'est difficile

La vie n'est-elle que claquements de portes et bris de verre (*Lemon Tree*, Fool's Garden, 1995) ? Non, elle est aussi joies et découvertes. Par exemple de la sexualité. Pas facile, cependant, de se procurer des images pour assouvir notre curiosité. Sans s'étendre sur ce sujet, soulignons qu'Internet a simplifié les choses. Les enregistrements clandestins sur magnétoscope à 2 heures du matin ont-ils jamais été fiables ? Quoiqu'Internet, à ses débuts, peut se montrer tout aussi traître : il suffit de cliquer sur la mauvaise image pour que s'ouvrent dix fenêtres incongrues, précisément au moment où l'on entend Papy dire : « Je vais voir ce que font les enfants sur l'ordinateur. »

Il n'est jamais trop tôt pour commencer à réfléchir au départ du cocon familial.

La famille aussi, c'est difficile. Il y a des bons moments, de mémorables parties de Punch Out (sorti en 1987 sur Nes), de Mario Kart (sorti en 1992 sur Super Nes) ou de Crash Bandicoot (sorti en 1996 sur Playstation). Et des moments douloureux, parfois. Des familles qui se séparent, qui se recomposent. L'école, c'est pénible aussi : il faut déjà faire des choix, persévérer dans la filière générale ou pas, réviser le brevet des collèges... La vie n'est pas simple, ça non. Alors pour se consoler, on fait une boom.

Une bonne boom, c'est déjà une liste d'invités équilibrée : filles d'un côté, garçons de l'autre. C'est ensuite des invitations, avec la mention incontournable « Apportez vos CD ». C'est un dress code. Par exemple : jupe tube longue en fibre synthétique et bracelets ressorts ; ou bermuda, surchemise et beaucoup de gel. « Je mets le... doigt devant, je mets le doigt derrière, je mets le doigt devant... » (*La Danse d'Hélène*, Real Joy, 1996). Une bonne boom, c'est aussi une choré. « Allez venez, on invente une choré ! », entend-on tout à coup, et un troupeau de danseurs va s'enfermer dans une chambre pour mettre au point une tactique. Si celle-ci peut être totalement innovante, elle s'inspire généralement des derniers clips du « Hit machine » (lancé en 1995 avec Charly et Lulu). Et c'est parti pour une nuit de folie, jusqu'à au moins 21 h 30 !

Nos jeux se font plus sensuels. L'option « vérité » a désormais moins de succès que ses corollaires « action » ou « conséquence », sauf si on a quelque chose à annoncer à l'un des joueurs (« Tu aimes quelqu'un dans la classe ? » « Oui. » « Est-il parmi nous ? » « Oui... »). Quant au jeu de la bouteille, il donne lieu à d'intenses spéculations. On a les mains moites à l'idée de tomber sur la combinaison parfaite : nous, plus l'être aimé. Et enfin, un baiser volé s'échange dans un espace-temps différent, étiré à l'infini : les deux visages se rapprochent au ralenti, le cœur cesse de battre (ou bat si vite qu'il n'est plus qu'un battement continu), les paupières se ferment en tressautant, on se dit « ça-y-est-c'est-maintenant », les lèvres s'effleurent et... voilà. C'est fait.

Leonardo DiCaprio apprend vite les bonnes manières.

Le plus grand succès du box-office de tous les temps

Quelle mauvaise jalousie a pu piquer les auditeurs de la radio britannique BBC Radio 1 pour qu'ils élisent en 2003 Titanic, la super production de James Cameron avec Kate Winslet et Leonardo DiCaprio, pire film de tous les temps ? Laissons de côté ces boudeurs de plaisirs, qui regrettèrent notamment que le film rafle tant d'Oscars au détriment d'autres grands films sortis la même année, comme Will Hunting (de Gus Van Sant, avec Ben Affleck et Matt Damon), L.A. Confidential (de Curtis Hanson, avec Kevin Spacey et Kim Basinger) et The Full Monty (de Peter Cattaneo, avec Robert Carlyle).
1997 est en effet une belle année pour le cinéma : c'est aussi celle de Men in Black, de Barry Sonnenfeld, qui associe l'irresponsable prince de Bel-Air, alias Will Smith, au très sérieux Tommy Lee Jones. Celle, enfin, de Leeloo Dallas Multipass, le personnage aux cheveux orange et vêtu de bandelettes adhésives incarné par Milla Jovovich, sauvée par Bruce Willis dit Korben-mon-chou, dans Le Cinquième Élément de Luc Besson.
Titanic raflera donc onze Oscars en 1998. Alors film le plus cher jamais réalisé, il sera également, pendant de nombreuses années, le plus grand succès du box-office mondial, jusqu'à ce qu'un certain Avatar (James Cameron, 2009) le détrône... En France, il est toujours premier, avec 20,7 millions d'entrées lors de sa première sortie.
Comme quoi, l'histoire d'amour de Rose et de Jack, sur fond du drame réellement survenu lors de la première traversée de l'Atlantique, en 1912, de celui qu'on appelait « L'Insubmersible », n'est pas si pire...

1999-2001

L'étudiant

Mouvements binaires

Les années 2000 sont les années Internet : nous flottons en pleine bulle. Les adultes ont créé des tas de start-up, dont la valeur enfle comme un ballon de baudruche. À la fin de l'année 1999, les Terriens ne craignent qu'une chose : le bug (ou « bogue ») de l'an 2000. Le passage du triple 9 (dans 1999) au triple zéro (2000) est-il compatible avec le langage informatique binaire (1, 0, 1, 0), qu'on commence d'ailleurs à enseigner dans les lycées ? Comment les machines, qui sont devenues si importantes dans la vie économique aussi bien que quotidienne, vont-elles vivre ce changement de millénaire ? Rondement, en réalité. Elles passeront le cap sans accroc.

Chez les êtres humains, cette année-là, l'enfance s'éloigne un peu avec la mort de Carl Barks, le créateur de *Picsou*, le 25 août 2000. La démesure des années 1990 aussi avec, le 5 mars, le décès de Lolo Ferrari, une actrice

Chronologie

11 août 1999
Éclipse totale du soleil, visible en France. Des lunettes spéciales sont distribuées pour voir ce phénomène rarissime.

1er janvier 2000
Les systèmes informatiques passent avec succès le cap de l'an 2000. Pendant ce temps, un tableau de Paul Cézanne estimé à 31 millions de dollars, *Auvers-sur-Oise*, est volé au musée d'Oxford.

25 juillet 2000
Peu après son départ de Paris, un *Concorde* s'écrase sur un hôtel situé à Gonesse et fait 113 morts.

12 août 2000
En Russie, le sous-marin nucléaire *Le Koursk* coule avec à son bord ses 118 hommes d'équipage.

24 septembre 2000
Le « oui » l'emporte lors du référendum portant sur la réduction du mandat présidentiel, qui passe de sept à cinq ans.

20 janvier 2001
George W. Bush succède à Bill Clinton.

25 avril 2001
Sortie du *Fabuleux destin d'Amélie Poulain*, de Jean-Pierre Jeunet avec Audrey Tautou.

16 juillet 2001
Morris, le dessinateur de *Lucky Luke*, décède.

25 août 2001
La chanteuse Aaliyah meurt dans un accident d'avion.

11 septembre 2001
Quadruple attentat suicide perpétré par le groupe Al-Qaïda aux États-Unis.

20 décembre 2001
En Argentine, la répression des manifestations consécutives à la crise économique entraîne la mort de 26 personnes.

22 décembre 2001
Hamid Karzaï prend la tête du gouvernement provisoire en Afghanistan.

1er janvier 2002
L'euro devient la monnaie officielle.

23 février 2002
En Colombie, enlèvement de la franco-colombienne Ingrid Betancourt par les Farc.

21 avril 2002
Jacques Chirac et Jean-Marie Le Pen sont qualifiés pour le second tour de la présidentielle française.

Parées pour la soirée ! Mais on n'avait pas dit que c'était fini, la mode hippie ?

pornographique française connue pour son indécent tour de poitrine.

Pour beaucoup d'entre nous, les années 2000 correspondent aux années lycée. Avec comme horizon, le baccalauréat. « Ça rigole plus », comme on dit. Le lycée, c'est comme le collège, mais en plus sérieux – plus de cours, de salles de classe, de contraintes.

Mais les agendas circulent toujours. « Tu viens à la soirée du nouvel an ? Il y aura tu-sais-qui... Je suis amoureux, elle est tellement ouf... » Le groupe s'est remodelé au gré des bifurcations scolaires et des départs intempestifs, certains suivant leurs parents vers d'autres horizons. Il se divise peu à peu en plus petites entités : les couples.

De vrais ménages, qui arrivent main dans la main le matin, s'embrassent tendrement pendant les soirées, passent quelques nuits, voire les vacances, chez les parents de l'un ou de l'autre... Lesdits couples ont beaucoup d'empathie et de peine pour les célibataires. « Ça ne t'ennuie pas d'être la seule pas casée ? » me demande-t-on avec beaucoup de délicatesse dans mon cahier de textes. Si, si, évidemment, mais j'ai une idée pour remédier à cette situation : je vais chatter sur Caramail.

En novembre 2001, des réfugiés afghans tentent de franchir la frontière ouzbèke.

La guerre contre le terrorisme

Peu de temps après les attentats perpétrés sur le sol américain le 11 septembre 2001, le président des États-Unis, George W. Bush, déclare la « guerre contre le terrorisme ». La première phase se déroule en Afghanistan. Dès le 14 septembre 2001, son administration identifie Oussama Ben Laden et Al-Qaïda comme les instigateurs des attentats-suicides. Après une brève tentative de négociations avec le régime des talibans à la tête de l'Afghanistan, les États-Unis et l'Angleterre de Tony Blair se préparent rapidement à intervenir. Au sol, ils sont secondés par le Front uni islamique et national pour le salut de l'Afghanistan, qui s'oppose aux talibans depuis de nombreuses années.

Les premiers bombardements aériens ont lieu le 8 octobre ; les forces terrestres américaines entrent en contact avec le Front anti-taliban et mènent leurs premières opérations dans la nuit du 19 au 20 octobre. Moins de cinq semaines après le début des opérations, Kaboul, la capitale de l'Afghanistan, tombe aux mains des alliés et le régime des talibans est renversé. Hamid Karzaï est placé à la tête de l'État et sera par la suite élu président. Mais ce n'est que le début d'une longue guérilla qui fera de très nombreux morts parmi les civils et les militaires présents en Afghanistan, mais aussi parmi les forces américaines, britanniques et membres de la coalition.

Fantomette324 à steveo3000

Ce service de messagerie gratuit, créé en 1997, s'avère très simple d'utilisation. Il suffit de se connecter et nous débarquons dans un brouhaha écrit, un espace de discussion mêlant de nombreux internautes dans un sympathique désordre. En se faufilant dans la conversation, on il est possible de détecter, derrière un pseudo énigmatique, une personnalité attirante. Et de discuter avec elle en privé.

Buller au soleil.

Il n'est pas rare, après quelques vérifications de compatibilité fondées sur la bonne foi du chatteur, de se donner rendez-vous dans la vie réelle. C'est ainsi que fantomette324 peut être amenée à rencontrer steveo3000, se promener avec lui au bord de la plage et à devenir son amie. Fantomette324 peut aussi présenter steveo3000 à son amie ptitefleur13, qui vit dans la même ville et hésitait justement à traverser la France en train pour rencontrer kelyslater2. Quelques smileys plus tard, ptitefleur13 peut décider d'accorder un peu de temps à steveo3000 qui semble si prévenant à l'écran. Ils peuvent également se rencontrer pour une balade au bord de mer, s'embrasser, et qui sait, se marier et avoir beaucoup d'enfants.

Quand il et elle ne chattent pas en hors forfait (oui, Internet est alors disponible en forfait, et deux heures pour toute une famille, cela passe très vite), fantomette324 et kelyslater2 peuvent télécharger sur Napster (le site de peer-to-peer fondé par Sean Parker et Shawn Fanning en 1999) les derniers tubes de Christina Aguilera, Britney Spears, des Destiny's Child ; du Alan Théo ou du Offspring pour délirer et se rappeler le bon vieux temps du collège ; mais aussi du Jeff Buckley, du Bob Dylan, du Pink Floyd... Quand il sera fermé deux ans plus tard par la justice, d'autres logiciels P2P, comme Kazaa, auront pris le relais. Les jeunes gens s'apprêtent à accéder à la culture de manière illégale, certes, mais aussi gratuitement, sans limite, rétroactivement. Tout commence par quelques compils innocemment gravées, puis se poursuit par un plongeon dans l'histoire de la musique et du cinéma, jusqu'aux œuvres que l'on pensait inaccessibles et oubliées à tout jamais.

MSN prend bientôt le relais de Caramail, dont la popularité, déclinante à partir de son rachat par Lycos en 2000, est en chute libre à partir de 2003. Sur nos boîtes AOL, Noos ou Hotmail, nous recevons essentiellement des chaînes auxquelles il faut absolument répondre sous peine d'être poursuivi par le malheur pendant plusieurs années ou de « faire du mal à un ami très proche qui a pensé à nous », et donc d'être un mauvais ami.

Bulles de champagne.

Eminem improvise une moue dans 8 Mile.

2001 : le rap fait consensus

2001 comme dans 2001 : l'Odyssée de l'espace *(1968) ? Non, même si le film de Stanley Kubrick, génial réalisateur décédé en 1999, mériterait lui aussi qu'on lui rende hommage... Mais depuis 1999, une autre œuvre majeure s'intitule « 2001 » : le deuxième album solo de Dr. Dre, fameux rappeur et producteur californien. Dans les années 2000,* 2001 *ou* Chronic 2001 *fait un carton dans tous les milieux. Le rap, dont on se méfiait dans les années 1990 comme on se méfiait de NTM, de Joey Starr et de ses dents dorées, devient alors cool et fédérateur. On danse en soirée sur* Still D.R.E. *et* The Next Episode. *Des célébrités telles que Snoop Dogg et Eminem participent à l'album.*

Pendant la décennie 1999-2009, ce dernier sera d'ailleurs l'artiste ayant vendu le plus d'albums aux États-Unis et dans le monde : 90 millions, dont 42 millions aux États-Unis. En 2002, The Slim Shady jouera la comédie dans un film plus ou moins inspiré par son parcours, 8 Mile *de Curtis Hanson (sorti en France en 2003), avec Kim Basinger et Brittany Murphy.* 8 Mile *reçoit un excellent accueil à la fois critique et commercial, et Eminem remportera l'Oscar de la meilleure chanson originale pour le titre* Lose Yourself. *Le rap est désormais apprécié dans les soirées mondaines.*

Les deux tours ont pris feu avant de s'effondrer.

Le monde bascule

Le mardi 11 septembre 2001, peu après la reprise des cours, en allumant la télé à notre retour à la maison, nous voyons soudain un avion percuter l'une des tours du World Trade Center, située sur l'île de Manhattan à New York – l'autre est déjà en flammes. Incrédules, nous pensons voir un extrait de film à gros budget. Mais pourquoi diable est-il introduit par David Pujadas, un journaliste de France 2 ?

Parce que ce flash spécial rapporte ce qui se passe réellement de l'autre côté de l'Atlantique, où deux avions de ligne se sont écrasés à 18 minutes d'intervalle sur le symbole de la toute-puissance financière des États-Unis, les tours jumelles abritant les bureaux de nombreuses multinationales. Une heure après avoir été heurtée, la première tour s'effondre, bientôt suivie de la seconde. Un nuage de cendres, de poussières et de fumée se forme au-dessus de Manhattan et génère un mouvement de panique. Nous appelons nos amis. « Allô ? Tu as vu ? Allume ta télé, tu vas rien comprendre... » Deux autres avions ont été détournés : l'un s'est écrasé sur le Pentagone, l'autre en Pennsylvanie. Il est immédiatement question du groupe islamiste Al-Qaïda, dirigé par Oussama Ben Laden. Les quatre attentats-suicides auront fait près de 3 000 victimes et seront perçus comme un véritable traumatisme par nombre d'Américains.

Le lendemain, dans le bus ou le métro, on ne parle que de ça. Au lycée, notre professeur d'anglais se met à pleurer en voyant pour une énième fois les images défiler sur la télé de la salle de classe. À la pause de midi, on en parle encore un peu en allant acheter, avec une pièce de 10 francs, un petit paquet de Lucky Light ou une part de pizza qu'on mangera dehors, loin de la cantine, sur des marches ombragées ou à la terrasse d'un kebab. Et puis, quelque chose finit par nous distraire.

Les sagas au cinéma dans les années 2000

Cela pourrait être le titre d'une thématique dans « Questions pour un champion », l'émission diffusée depuis le 7 novembre 1988 et présentée par Julien Lepers depuis 1992, dans la rubrique « 4 à la suite », par exemple. Top, c'est parti.
Premièrement : saga cinématographique dont le premier épisode est diffusé en 2001, je suis adapté des romans à succès de la Britannique J. K. Rowling, qui déclarait écrire des histoires pour ses enfants ; mon personnage principal fréquente l'école de sorciers de Poudlard, est incarné par Daniel Radcliffe, et sa douce amie Hermione a les traits gracieux d'Emma Watson... Je suis ?
Deuxièmement : saga de science-fiction d'abord conçue comme une trilogie, mon premier épisode sort le 13 octobre 1999 aux États-Unis et sera complété par deux autres épisodes, trente-deux ans après la sortie du premier volet de la première trilogie ; mes personnages craignent le côté obscur de la force, auquel un excellent groupe de rap marseillais a rendu hommage dans son album L'École du micro d'argent. *Troisièmement : je suis également une trilogie dont le premier acte, sorti en 1999, se déroule dans un monde où la machine a complètement asservi l'être humain ; un élu, incarné par le doux Keanu Reeves, doit y sauver l'humanité. Et enfin : inspiré des épais romans de J. R. R. Tolkien, je suis encore une trilogie, sortie en 2001, fantastique, peuplée de personnages aux pieds poilus, aux oreilles pointues et aux tailles farfelues, qui feront fi de leurs différences pour mener à bien une quête commune.*

Surprise ! Il y avait trois volets avant le premier.

Solutions : 1 – Harry Potter ; 2 – Star Wars ; 3 – Matrix ; 4 – Le Seigneur des anneaux.

Les amis à la campagne.

Orgueil et préjugés

Cette chose peut être un ragot qui nous remplit de joie, un potin qui nous fait battre des mains ou le « cassage » en règle d'un membre du groupe, qui a le tort – bien connu – d'être absent ce jour-là. Bonne ou pas bonne ? Coincé ? Fayot ? Allumeuse ? Se la joue ? Nous sommes tout bonnement impitoyables. Les discussions se poursuivent en cours, après le déjeuner, à l'heure où nos yeux se ferment malgré nous, sur des feuilles volantes, des cahiers ou des petits coins de table. « Qu'est-ce que tu lui as dit ? – Je lui ai dit ce que tu m'avais dit de lui dire. – Et qu'est-ce qu'elle a dit ? – Elle m'a dit qu'on lui avait déjà dit et qu'elle ne savait pas quoi dire mais qu'elle me dirait demain. – Ok, merci. »

S'il faut savoir rester sur ses gardes, les rapports que nous entretenons entre nous sont moins cruels qu'au collège. Des amitiés naissent et d'autres s'approfondissent. Le lycée donne une deuxième chance au vilain petit canard du primaire, à l'intello rejeté du collège, à la grande perche et au binoclard. Les jeunes s'épanouissent et renversent l'ordre établi. L'intello subjugue par son intelligence, ses DS (devoirs surveillés) s'arrachent à la sortie du cours de maths. Le vilain petit canard devient cygne, tandis que le joli petit cygne devient parfois grand vilain canard !

En 2000, la mode s'assagit. La circonférence au sol des pantalons à pattes d'eph' diminue. Un beau t-shirt avec un jean bien coupé, c'est largement suffisant. Dans le groupe aussi, on atteint l'équilibre : garçons et filles se côtoient, non sans romances, mais du moins sans hystérie. Nous passons même nos premières vacances ensemble. Et qui dit vacances, dit soirées.

Les amis au ski.

Attention, il ne s'agit plus des Schtroumpf Parties bimestrielles des mouflets que nous étions. Désormais, le samedi soir, on danse et on boit, certains allant jusqu'à s'intoxiquer avec du Malibu Coco ou du Soho. On se déchaîne sur David Guetta, Praise Cats (*Shined on Me*), Phats & Small (*Turn Around*), on va en boîte pour lever les bras et se balancer sur Bob Sinclar (*Love Generation*), qui deviendra le générique de la « Star Academy », présentée pour la première fois le 20 octobre 2001 par Nikos Aliagas.

Insolents, ces jeunes adultes.

Télé la question

Le samedi soir, si l'on n'est pas de sortie, on regarde « Tout le monde en parle », l'émission de Thierry Ardisson sur France 2 – et « on ne bouge pas pendant le jingle ». L'émission se termine par un *blind test* avec les très distinguées Tania et Titia ainsi que le DJ Philippe Corti. Depuis le 26 avril 2001, on se distrait aussi avec les quotidiennes de « Loft Story », sur M6.

Les gagnants de « Loft Story » 1, Christophe et Loana.

Loana et Jean-Édouard, Laure et Steevy qui se disputent sous l'œil consterné de la peluche Bourriquet, les histoires de « [t-i-m], c'est quoi du [t-i-m] ? » (du thym, tout simplement) et autres « Je t'emmerde avec un grand A ». Que nos parents peuvent-ils bien penser de nous en nous voyant avachis devant la télé, regardant des gens avachis de l'autre côté de la télé ? Ils s'inquiètent, bien entendu. Le petit écran des années 2000, c'est celui du vide, des pitreries de « Jackass » et des râteaux de « Dismissed », sur MTV. C'est la télé-réalité. Mais qu'ils se rassurent : ce n'est pas notre réalité. Nous valons mieux que cela, même si nous le cachons pudiquement.

Sur un cahier quelconque, nous notons des phrases que nous trouvons jolies, à la lueur des bougies : « Un seul être vous manque, et tout est dépeuplé » (Lamartine, 1820), « Là, tout n'est qu'ordre et beauté / Luxe, calme et volupté » (Baudelaire, 1857). Nous découpons des lettres dans des magazines et collons l'œil de *Requiem for a Dream* (Darren Aronofsky, 2001) sur notre agenda. Nous calligraphons des paroles de chansons « Wake from your sleep / The drying of your tears / Today we escape / We escape » (Radiohead, *Exit Music* (*For a Film*), 1996).

Nous cherchons un destin, une voie, un modèle, un écrit, un dessin qui nous incarne. Nous lisons attentivement les citations des agendas L'Étudiant (« Si je fais bien l'amour, c'est que je me suis longtemps entraîné tout seul », Woody Allen). Nous en cachons un recueil dans notre poche.

Le bac en poche, on se déguise, pour prouver qu'on est toujours jeunes..

Parce qu'au-delà du pénible travail de révision du baccalauréat, en plein mois de juin (mais quelle idée saugrenue !), il y a l'avenir, de l'autre côté, qui nous contemple et nous interroge. Chacun de nous invente quelque chose pour se libérer de ses angoisses.

« Suis-je vouée à chuchoter des je t'aime / Sans jamais aimer et sans jamais me taire / Répéter ce mensonge de mes lèvres blêmes / Et pleurer en silence mon cœur solitaire ? »

Puis nous bâillons, refermons notre vieux cahier, préparons soigneusement notre convocation à l'examen et peut-être 1,50 € (la nouvelle monnaie) pour acheter un ticket de métro, éteignons la lumière, réglons notre réveil pour le lendemain et nous endormons, l'esprit plein de formules de chimie et de dates d'histoire-géo. Demain, c'est le début de la fin du lycée, et de nos dix-huit premières années.

Les trois bachelières, un pour tous, euh... chacun pour soi ?